GUÍA DE LECTURA

Escrita por Guillaume Peris
Traducida por Marta Sánchez Hidalgo

Cándido, o el optimismo

de Voltaire

VOLTAIRE

ESCRITOR Y FILÓSOFO FRANCÉS

- **Nacido en 1694 en París (Francia)**
- **Fallecido en 1778 en la misma ciudad**
- **Algunas de sus obras:**
  - *Micromegas* (1782), cuento filosófico
  - *Cándido, o el optimismo* (1759), cuento filosófico
  - *El ingenuo* (1767), cuento filosófico

Voltaire, cuyo verdadero nombre es François Marie Arouet, es un filósofo y escritor francés y es una de las figuras clave de la Ilustración. Nacido en 1694, fue un alumno brillante de los jesuitas, a pesar de su mente indisciplinada. Cuando termina el colegio se da a conocer por sus escritos satíricos en los que ataca, por ejemplo, al regente. Esto le cuesta once meses en la Bastilla. Cuando sale sigue defendiendo sus posiciones mediante diversos recursos literarios, sobre todo la ironía. La dimensión tan crítica de sus obras le obliga a exiliarse en Inglaterra, donde descubre un nuevo sistema político que le fascina. También se instala en Prusia al lado de Federico II, que representa el modelo de monarquía ilustrada que admira Voltaire, aunque los dos acaben peleándose. A su vuelta a Francia, se instala en Ginebra, luego en Ferney y finalmente vuelve a París donde muere en 1778. Deja una obra imponente y variada, pero siempre luchó por la libertad, la tolerancia y el saber.

CÁNDIDO, O EL OPTIMISMO

«TODO ES PARA BIEN EN EL MEJOR DE LOS MUNDOS»

- **Género:** cuento filosófico
- **Edición de referencia:** Voltaire. 2002. *Cándido y otros cuentos*. Traducido por Antonio Espina. Madrid: Alianza Editorial
- **Primera edición:** 1759
- **Temáticas:** filosofía, mal, metafísica, guerra

Cándido es el resultado de una discusión entre Voltaire y Jean-Jacques Rousseau (escritor y filósofo francés, 1712-1778). Su relación empeoró desde 1755, sobre todo por sus distintos puntos de vista sobre cuestiones filosóficas. El conflicto irá hasta la denuncia Rousseau, que acusa al Voltaire de ser el autor de un panfleto ateo. Las cosas fueron empeorando.

Cándido, publicado en 1759, es la respuesta a la *Carta sobre la providencia* de Rousseau, portadora de la doctrina optimista de la línea de Leibnitz. Es el principal impacto filosófico de *Cándido*: los discursos metafísicos no responden a las múltiples formas del mal. *Cándido* es también la máxima expresión del cuento filosófico que consiste en el desarrollo de una idea principal sin largas y aburridas explicaciones.

RESUMEN

CAPÍTULOS 1-3

Después de sorprender a Cándido en una situación comprometida con Cunegunda, le expulsan del castillo del barón Thunder-ten-tronckh «a puntapiés» (cap. 1). Se alista en el ejército búlgaro donde, acusado de deserción, sufre castigos corporales. Huye del ejército y de los combates y no tiene otro remedio que pedir limosna. Recibe la ayuda de un hombre que no está bautizado: Jacques. Cándido le entrega su limosna a personas más míseras que él.

CAPÍTULOS 4-6

Cándido encuentra a Pangloss, su preceptor, en un estado miserable. Le cuenta que han destruido el castillo y que han violado y matado a Cunegunda. Cándido convence a Jacques para ayudar a Pangloss. Los tres se embarcan hacia Lisboa, pero el barco naufraga cerca de la capital portuguesa. Cuando Cándido y Pangloss llegan a la costa, se produce un terremoto. Un inquisidor les para y los somete un auto de fe (acto por el que la Inquisición, que era el tribunal encargado de luchar contra la herejía, condenaba a los herejes a morir en la hoguera). Ahorcan a Pangloss, pero Cándido sólo recibe una azotaina. Después de este castigo, una vieja le invita a seguirla.

CAPÍTULOS 7-9

La vieja cuida y alimenta a Cándido. Una noche, lo lleva a

una casa abandonada donde tiene la sorpresa de hallar a Cunegunda viva. Ésta le cuenta su violación y apuñalamiento, los cuidados que recibió de un capitán que la hizo prisionera y su venta a un judío que la condujo a la casa en la que se encuentran. También le cuenta cómo el gran inquisidor pudo compartirla con el judío. Les interrumpe la llegada del judío, al que Cándido se ve obligado a matar. El inquisidor llega poco después y Cándido lo mata también. Cándido, Cunegunda y la vieja huyen y se llevan las joyas y el dinero tenía la joven.

CAPÍTULOS 10-12

A Cunegunda le roban sus riquezas. Los tres héroes llegan finalmente a Cádiz y a Cándido lo nombran capitán en un ejército que zarpa hacia Paraguay. Durante la travesía, la vieja cuenta su historia. Era hija de un papa y de una princesa, y un corsario la raptó y esclavizó. Luego la llevaron a Marruecos, donde una facción contraria mató a su secuestrador. Sobrevivió y la recogió un eunuco blanco que la vendió en Argel. Así la vendieron y revendieron en Túnez, Trípoli, Alejandría, Esmirna y Constantinopla. Al final fue prisionera de un ruso, se escapó y recorrió Europa trabajando en tabernas antes de acabar como sirvienta del judío que había cogido a Cunegunda.

CAPÍTULOS 13-15

Cuando los personajes llegan a Buenos Aires, el gobernador desea a Cunegunda. Por otro lado, llega un barco que busca al asesino del inquisidor. Cándido y su lacayo Cacambo, del que oímos hablar por primera vez, deciden refugiarse con los jesuitas. El coronel recibe a Cándido que resulta que es el hermano de Cunegunda. Éste le cuenta de qué forma le dieron por muerto y cómo se hizo coronel en los jesuitas. Cuando Cándido le cuenta su plan de casarse con Cunegunda, su hermano se enfurece y golpea a Cándido, quien le mata. Cándido y Cacambo huyen de nuevo.

CAPÍTULOS 16-19

Cruzan el territorio de los Orejones, enemigos de los jesuitas. Aunque los capturan y los condenan a ser devorados, el hecho de que Cándido haya matado a un jesuita los salva. Deciden ir a Cayena. Se suben en una canoa y se dejan llevar por la corriente de un río. Llegan a una comarca donde los niños juegan con oro y piedras preciosas y donde les reciben como reyes: El Dorado. Allí pasan un mes y entonces piden permiso para irse. El rey hace que les construyan una máquina que les permite pasar el obstáculo de las montañas, única salida de la comarca, y los carga de bienes y riquezas. Cándido y Cacambo finalmente llegan a Surinam, pero a lo largo del viaje han perdido buena parte de las riquezas que llevaban. Después de enterarse de que Cunegunda es ahora la amante del gobernador de Buenos Aires, Cándido envía a Cacambo a comprarla. Deciden encontrarse en Venecia. Cándido zarpa en un barco a Burdeos después de conocer a un nuevo compañero: Martín.

CAPÍTULOS 20-21

Cándido y Martín se pasan el viaje filosofando hasta llegar

a Burdeos.

CAPÍTULOS 22-25

Cándido decide pasar por París y allí enferma. Una vez recuperado, descubre la vida parisina y le timan antes de ser detenido. Sin embargo, consigue sobornar al hombre que lo detiene, luego va a Normandía, donde se embarca para Inglaterra con Martín. Allí pasan dos días antes de salir finalmente hacia Venecia. Pero Cándido no encuentra ni a Cacambo ni a Cunegunda. En cambio encuentra a Paquita, la antigua amante de Pangloss, que ahora es prostituta. Le da dinero.

CAPÍTULOS 26-28

Cándido encuentra en una posada a Cacambo, que ahora es el esclavo de un rey depuesto que acepta llevar a Cándido y a Martín a Constantinopla, donde está Cunegunda. Se sabe que es esclava de un antiguo soberano y que se ha vuelto fea. Cándido, Cacambo y Martín se embarcan en una galera en la que se encuentran con Pangloss y el hermano de Cunegunda vivos, pero galeotes. Cándido paga su rescate. Los cinco hombres llegan a Constantinopla en otro barco. Se cuenta que el barón y Pangloss han sobrevivido y ahora son galeotes.

CAPÍTULOS 29-30

Los cinco hombres encuentran a Cunegunda y a la vieja en cuanto llegan a la costa. Cándido paga su rescate. El barón se opone de nuevo al matrimonio de su hermana con Cándido. Los cuatro hombres se deshacen del barón y lo mandan a las galeras. Los seis héroes llevan una existencia miserable y aburrida en una granja. Su suerte mejora cuando se entretienen burlando el aburrimiento con el trabajo. «Lo único que debemos hacer es cultivar nuestra huerta», concluye Cándido.

ESTUDIO DE LOS PERSONAJES

CÁNDIDO

Es el personaje principal del cuento. Es hijo bastardo de la hermana del barón de Thunder-ten-tronckh, que le echa tras haberle sorprendido en una situación comprometida con Cunegunda.

Como su propio nombre indica, es ingenuo y crédulo. Se une al principio a la filosofía de Pangloss sin discernimiento, pero las experiencias que vive le llevan a dudar hasta que lo abandona por completo. Tiene una gran evolución a lo largo de la historia. Al final, convierte en cuestión de honor casarse con Cunegunda, pero reconoce que la fealdad de esta le basta para quitarle las ganas.

PANGLOSS

Es el preceptor de Cándido, de Cunegunda y de su hermano. Es también el compañero del principio del viaje de Cándido.

Defiende la doctrina leibniziana (del filósofo y científico alemán Leibniz, 1646-1716) que es más próxima a la sofista (razonamiento falso con apariencia de verdad) que a la filosofía y que gana sin sentido a medida que avanza el relato. Voltaire, opuesto a esta doctrina, la caricaturiza voluntariamente.

CUNEGUNDA

Es la prima y la amada de Cándido. La violan, la apuñalan, más tarde se convierte en la amante del gobernador de Buenos Aires y finalmente en criada en Constantinopla. Se vuelve fea y se casa con Cándido que consigue encontrarla.

Parece que lo único que tiene es el físico. De hecho, no filosofan con ella y Cándido no quiere casarse con ella cuando se vuelve fea, lo que hace pensar que su belleza era su única baza.

CACAMBO

Cacambo es el lacayo de Cándido y su compañero de la mitad del viaje. Es peruano y muy útil en América del Sur y en El Dorado. Se trata de un personaje con los pies en la tierra. El resultado es que todas las decisiones que toma son buenas.

MARTÍN

Es el compañero del fin del viaje de Cándido. Es maniqueo, es decir, juzga las cosas de forma simplista: opone sin matices el bien y el mal. Sin embargo, también tiene los pies en la tierra y da buenos consejos a Cándido.

LA VIEJA

Benefactora de Cunegunda, recuerda a las hadas madrinas que encontramos en los cuentos. Proviene de noble linaje, pero la violaron y la secuestraron muchas veces y lo perdió todo. Su visión de la realidad la coloca en el mismo rango que Cacambo y Martín.

CLAVES DE LECTURA

UNA DIMENSIÓN FILOSÓFICA Y CRÍTICA

La frase clave de *Cándido* que permite en parte resumir la obra es sin duda la fórmula de Pangloss: «Todo es para bien en el mejor de los mundos». De hecho, es a un tiempo la teoría filosófica que Voltaire quiere atacar y el pretexto para una crítica social.

La frase de Pangloss, repetida por Cándido a lo largo del relato de diferentes formas, encarna en realidad la teoría que Rousseau (escritor y filósofo francés, 1712-1778) defiende en su Carta a Voltaire sobre la Providencia (1756). Si tuviéramos que resumirla en pocas palabras, se podría decir que Rousseau plantea la idea de los males que se pueden experimentar son obra de los propios hombres y no de la Providencia, es decir, de Dios. También argumenta en sus Confesiones (1782-1789) que el mal encuentra «su origen en el abuso que hizo el hombre de sus facultades, más que en la misma Naturaleza» (libro noveno). Asegura que, si Dios existe, no puede existir el mal general y que todo lo que pasa es indispensable para la conservación del universo. En realidad, sigue así la teoría de Leibniz, para el que todo mal crea un contraste al poner el bien en evidencia. Se puede resumir de esta forma: de todos los males surge un bien. Se trata de una teoría optimista.

Voltaire no apoya en absoluto esta filosofía. Sobre este tema escribe su Poema sobre el desastre de Lisboa (1756) en el que se puede leer:

«Filósofos engañados que gritan: "Todo está bien"/¡Vengan y contemplen estas ruinas espantosas!/Esos restos, esos despojos, esas cenizas desdichadas».

Según él, el mundo es injusto y cruel. No soporta la idea de que una tragedia como el terremoto de Lisboa pueda verse como un suceso que lleve algo bueno. Desde luego, Rousseau no comprende a Voltaire y dirá de él: «Voltaire, pareciendo siempre creer en Dios, jamás ha creído sino en el diablo, puesto que su pretendido Dios no es más que un ser maléfico» (Confesiones, libro noveno).

Sea como fuere, Voltaire, golpeado por un cierto horror del mundo, caricaturiza la filosofía optimista y la ataca ejerciendo una crítica social muy acerba, sobre todo al poner a su héroe ante situaciones extremas que conservan, a pesar de todo, el realismo necesario de toda crítica convincente.

UNA CRÍTICA SOCIAL ACERBA

El primer tema de crítica es la guerra y su horror: las atrocidades se describen con una frialdad inquietante en los capítulos 2 y 3. La primera atrocidad, aparte de la manera en que "reclutan" a Cándido y el peso del calificativo «héroe» que se le pone, se refiere a la primera atrocidad que sufre el héroe cuando se le acusa de haber querido desertar:

«Lo llevaron a un calabozo, donde jurídicamente le preguntaron qué prefería, si ser azotado treinta y seis veces por todo el regimiento, o recibir de un solo golpe doce balas de plomo en el cerebro. Por más que dijo que la voluntad es libre, y que no quería ni lo uno ni lo otro, no tuvo más remedio que escoger, y en virtud de aquel don divino, se decidió a pasar treinta y seis veces por las baquetas.

El regimiento estaba compuesto de dos mil hombres, lo cual equivalía, en dos carreras, a cuatro mil baquetazos. [...] Al ir a empezar la tercera carrera, Cándido, no pudiendo soportar más, pidió por favor que le perforasen el cráneo, y concediéndoselo, le vendaron los ojos y lo hicieron poner de rodillas» (Voltaire 2002, cap. 2).

Naturalmente, el horror no termina ahí y la ironía de Voltaire se añade:

«Nada más hermoso, lúcido, brillante y bien ordenador que los dos ejércitos. Los clarines, los pífanos, los oboes, los tambores y los cañones formaban una armonía como jamás existió en el infierno. [...] Cándido, que temblaba como un filósofo, se escondió cuanto pudo durante aquella heroica matanza» (Voltaire 2002, cap. 3).

Y cuando Cándido huye es para encontrarse con algo más horrible:

«Aquí, ancianos acribillados de heridas veían expirar a sus degolladas mujeres con sus hijos en los brazos ensangrentados; allí, doncellas destripadas [...] exhalaban el postrer suspiro» (Voltaire 2002, cap. 3).

La última alusión a la guerra y a lo absurdo de ella que merece la pena mencionar es sin duda esta reflexión que formula Pangloss después de haber contado a Cándido los horrores perpetrados en el castillo (asesinatos, violaciones, etc.):

«Pero nos han vengado con creces, pues los avaros han hecho otro tanto en una baronía vecina perteneciente a un señor búlgaro» (Voltaire 2002, cap. 4).

Pero la guerra y la violencia no son los únicos elementos que Voltaire critica abiertamente. Otro objetivo de ataque es la Iglesia en general y, en particular, la Inquisición. La única concesión de Voltaire puede ser la invención de un nombre de papa para encarnar al padre de la vieja (Voltaire 2002, cap. 11), en lugar de dejar a este personaje sin nombre y sugerir que se refería a una persona real. Pero puede que fuera más por prudencia que por clemencia. Los personajes piadosos se presentan con sus contradicciones, sobre todo el inquisidor, que tiene planes censurables para Cunegunda. ¿Y qué decir del hecho de que el único personaje verdaderamente caritativo que Cándido conoce sea Jacques, el anabaptista, es decir, un individuo que ha aplazado su bautizo hasta ser adulto y que, manifiestamente, todavía no se ha bautizado?

El golpe más fuerte que da a la religión es indudablemente el episodio del auto de fe. Hay que saber que este auto de fe tuvo lugar en realidad el 20 de junio de 1756. Las fórmulas que usa Voltaire no dejan dudas sobre su opinión: «La Universidad de Coimbra decidió que el espectáculo de algunas personas quemadas a fuego lento, con gran ceremonia, es un remedio infalible contra los terremotos» (Voltaire 2002, cap. 6); «Cándido se retiraba, sosteniéndose penosamente, sermoneado, azotado, absuelto y bendecido» (*ib.*). Gracias a estas citas, se entiende mejor que Voltaire aborrece el fanatismo, pero podría a veces pasar por mezquindad antirreligiosa.

Para terminar, si hay un elemento principal contra el que Voltaire se rebela, es la pervivencia de la servidumbre, la esclavitud y la barbarie inherente a este estado. El episodio famoso del negro de Surinam lo ilustra:

> «Al acercarse a la ciudad, Cándido y Cacambo encontraron a un negro tirado en el suelo, medio desnudo, pues no llevaba sino unos calzoncillos de tela azul; al infeliz le faltaba la pierna izquierda y la mano derecha» (Voltaire 2002, cap. 19).

Cuando Cándido entabla conversación con el pobre hombre, descubre la bárbara costumbre de la época:

> «Por todo abrigo nos dan dos calzoncillos al año. Cuando trabajamos en los ingenios, si una muela nos coge un dedo, nos cortan la mano; si intentamos fugarnos, nos cortan una pierna; yo me he encontrado en ambos casos. Ved a qué precio coméis azúcar en Europa» (Voltaire 2002, cap. 19).

En este párrafo se nota la agresividad de Voltaire, transmitida por una ironía feroz. El razonamiento del negro es también una ocasión para volver a atacar la religión:

> «Los sacerdotes holandeses que me han convertido, todos los domingos me dicen que blancos y negros somos todos hijos de Adán. No soy genealogista; pero si aquellos predicadores dicen la verdad, todos somos hermanos. Esto sentado, no podéis menos de confesar que no puede tratarse de un modo más horrible al a familia» (Voltaire 2002, cap. 19).

EL GÉNERO DEL CUENTO FILOSÓFICO

Cándido es sin duda filosófico. Sin embargo, al leer este

cuento se encuentran pocas similitudes con las obras que podríamos calificar como puramente filosóficas. Es difícil de comparar por la forma a Descartes (filósofo, 1596-1650) o Pascal, (físico, filósofo y escritor, 1623-1662) con Voltaire. Aquí el autor demuestra mucha paciencia para desarrollar una idea principal mientras construye un relato placentero y, sobre todo, sin sobrecargar el conjunto de las largas explicaciones. Esta verdadera proeza no es ajena al éxito de *Cándido*.

Para llegar a este resultado, Voltaire mezcla los rasgos de los distintos géneros literarios que parodia:

- el primero es el cuento de hadas. El paisaje idílico del principio no deja de recordarlo y el elemento perturbador que conduce a Cándido en las peripecias que se le presentan se termina cuando el héroe de corazón puro consigue su objetivo: encontrar a su amada;
- pero el cuento de hadas se desnaturaliza pronto y adquiere rasgos de la novela picaresca: Cándido y sus compañeros se ven envueltos en aventuras cada vez más inverosímiles;
- ¿y qué decir de que al final de la novela Cunegunda se vuelve fea y Cándido duda en casarse con ella? El otro género más parodiado es la novela romántica. La obsesión de Cándido por Cunegunda parece, si no ridícula, al menos desmesurada a ojos del lector, hasta que la encuentra fea. Lo absurdo de sus aventuras, dictado por un rastro de amor adolescente, aparece claro en ese momento.

- Para concluir, hay que decir que *Cándido* es un cuento filosófico: se trata de una historia ficticia que esconde una crítica agresiva. Voltaire recurre a ciertas características del cuento para esquivar la censura.

PISTAS PARA LA REFLEXIÓN

ALGUNAS PREGUNTAS PARA PROFUNDIZAR EN SU REFLEXIÓN...

- ¿Qué critica Voltaire por medio del personaje de Pangloss?
- ¿Cuál es el punto de vista de Voltaire sobre la guerra y sus consecuencias?
- ¿Qué nos indica el nombre «Cándido» sobre la personalidad del héroe?
- ¿Cándido es un héroe? Justifique su respuesta.
- Analice el capítulo 3 y explique en qué consiste la ironía de Voltaire.
- Relea el capítulo 19, en particular el episodio del negro de Surinam. ¿Qué nos enseña este capítulo sobre la opinión del autor sobre la esclavitud? ¿Por qué medios transmite Voltaire su punto de vista?
- ¿En qué consiste el auto de fe del capítulo 6? Compárelo con otros autos de fe de los que haya oído hablar, históricos o ficticios.
- Demuestre cómo Voltaire parodia a la vez el cuento de hadas, la novela picaresca y la novela romántica.
- Con esta obra como referente, enuncie las características del cuento filosófico. Según usted, ¿por qué los filósofos de la Ilustración se inclinaron por este género?

¡Su opinión nos interesa!
¡Deje un comentario en la página web de su librería en línea,
y comparta sus favoritos en las redes sociales!

PARA IR MÁS ALLÁ

EDICIÓN DE REFERENCIA

- Voltaire. 2002. *Cándido y otros cuentos*. Traducido por Antonio Espina. Madrid: Alianza Editorial.

ADAPTACIONES

- *Candide ou l'optimisme au XXe siècle*. Dirigida por Norbert Carbonnaux, con Louis de Funès, Jean-Pierre Cassel, Pierre Brasseur y Daliah Lavi. Francia, 1960.
- *Cándido, o el optimismo*. Telefilme dirigido por Pierre Cardinal. 1962.